나무가
생명이다

나무가   생명이다

이오장 연작시

"나무들의 럴기대회가 시작되었다"

스타북스

나무들이 말한다

나무들의 아우성 들리느냐

이젠, 나무들의 궐기대회가 시작되었다

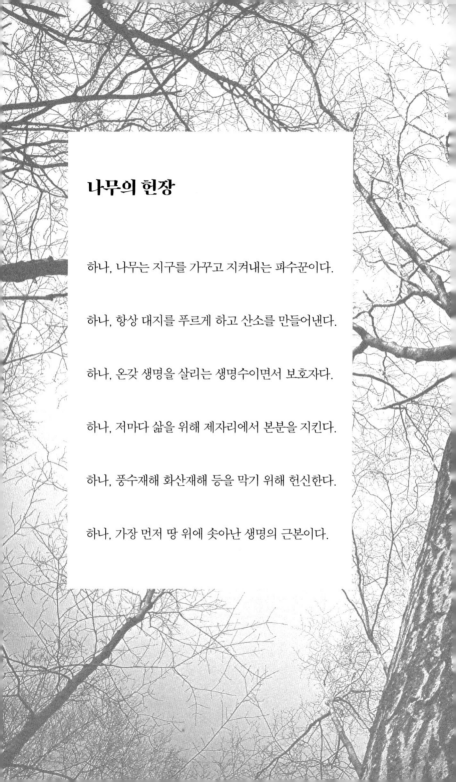

나무의 헌장

하나, 나무는 지구를 가꾸고 지켜내는 파수꾼이다.

하나, 항상 대지를 푸르게 하고 산소를 만들어낸다.

하나, 온갖 생명을 살리는 생명수이면서 보호자다.

하나, 저마다 삶을 위해 제자리에서 본분을 지킨다.

하나, 풍수재해 화산재해 등을 막기 위해 헌신한다.

하나, 가장 먼저 땅 위에 솟아난 생명의 근본이다.

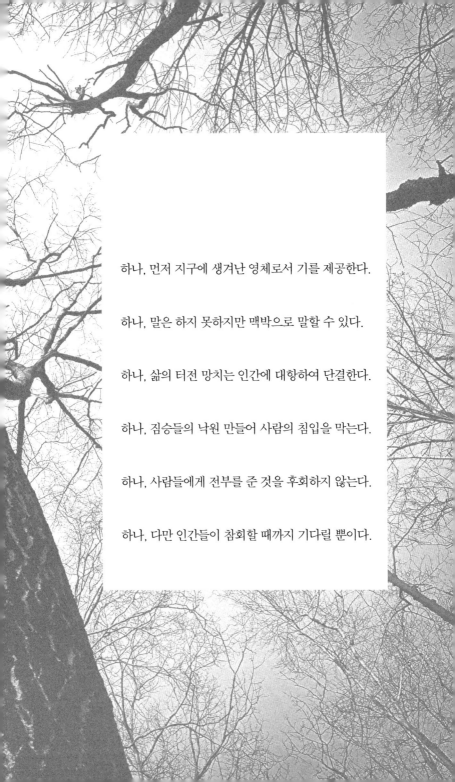

하나, 먼저 지구에 생겨난 영체로서 기를 제공한다.

하나, 말은 하지 못하지만 맥박으로 말할 수 있다.

하나, 삶의 터전 망치는 인간에 대항하여 단결한다.

하나, 짐승들의 낙원 만들어 사람의 침입을 막는다.

하나, 사람들에게 전부를 준 것을 후회하지 않는다.

하나, 다만 인간들이 참회할 때까지 기다릴 뿐이다.

차
례

──────── **3** ────────────

———— **4** ————————

5

1

소나무

산을 푸르게 가꿔
지상에 낙원을 만들었다
곧게 솟구친 몸통 사방 뻗은 가지는
새들의 놀이터가 되었다
장마에는 홍수를 막고
가뭄엔 골짜기를 적셨다
짐승이 할퀸 상처를 치유하기 위해
송진으로 보호하며
날카로운 잎으로 뿜어낸 피톤치드로
숲의 공기를 걸렀다
추위에 잘 견뎌 단단하고
결이 아름답다고
크기가 커 기둥으로 쓰기 좋다고
불꽃 향기가 좋다고
마구잡이로 베어 지더니
나의 종족은 점점 사라져 초라해졌다
이제부터 단호히 저항한다
우리의 삶을 방해 하지 마라
소나무는 소나무의 방식으로
그렇게 살아가련다
인간 방식으로 우리의 삶을
바꾸지 마라, 맨 처음 그랬듯이

잣나무

종을 번식하기 위하여
하늘 높이 열매를 달았다
청설모 원숭이 다람쥐
나무 타는 짐승에게 나눠주고
새들의 안식처가 되어
배불리 먹도록 모두 줬지만
번영을 누렸다
키 낮은 인간들은
입맛 다시며 쳐다보다가
한 키 두 키 기어오르더니
이젠 맨 꼭대기에 올랐다
털어대는 돌팔매 장대질에
갈 곳을 잃었는데
한 톨의 씨앗마저 쓸어간다
새들의 안식은 물론
짐승들의 먹이가 끊겨
밤이면 배고픈 울음에 겨워
귀 막고 눈 감는다
인간들이여
우리를 아끼고 사랑하라
오로지 그것이,
너희의 생명을 지키는 일이다

참나무

우리의 종은
지구에서 60여 종
그중 여섯 종이
한국 땅에 뿌리내렸다
가랑잎이 커서 갈참나무
신발 밑창에 깔았다고 신갈나무
떡시루에 깐다고 떡갈나무
열매가 작아서 졸참나무
열매 크기가 최고라 상수리나무
두께가 굵어서 굴참나무
무성한 잎으로 그늘 만들어
더위에 지친 생명을 지켜주고
가을이면 열매를 떨궈
온갖 짐승의 양식으로 주는데
망치와 돌멩이 들은 인간은
잔인하게 몸뚱이를 쳐서 털어가고
끝내 숯으로 만들어
화롯불로 태우는가
이제 그쳐라
참나무란 이름 너희가 지었어도
참을 만큼 참았다
우리는 나무 중의 나무다

밤나무

뿌리 내리는 곳이면 어디든
우리의 삶이 있다
초가지붕 옆이나 장독대 뒤에 서서
인간의 말, 귀에 담으며
사계절을 푸르게 가꾼다
꽃 피울 때면
사람의 본능을 깨워 번식을 돕고
열매를 맺어 양식으로 내줬다
인간 조상을 위한 제례에
빠질 수 없는 제물로 올라
귀신과 소통하는 밤톨이라 불려도
모습 바꾸지 않았다
이제는 산야의 천덕꾸러기
가시 돋친 몹쓸 나무라 부르는가
마른 가시 삶아 물감을 만들어도
고맙다는 말 한마디 듣지 못했다
장작으로 빠개져 아궁이에 들 때마다
가마솥 밑바닥을 울려도
아무도 알아듣지 못한다
산으로 돌아가게 해다오
짐승들 먹이가 된다 해도
사람 틈에 낀 천덕꾸러기만 할까

박달나무

저놈을 매우 쳐라
이실직고할 때까지
매가 부러지고
동헌지붕이 무너지도록 쳐라
이 말이 그립다
다시 듣고 싶어 귀를 씻는다
이런 세상이 어디 있는가
저희만 옳다 하고
모두가 제 것이라고 우기며
남을 비방하고 목숨을 빼앗으려는
저 한심한 족속들
다시는 이 땅에 버티지 못하도록
치고 또 쳐서
우리의 매운맛을 알려라
세상에서 제일 단단하고 낭창하여
단죄의 형벌에는 최고다
악을 응징하고
일상에 이로움을 주는 나무는
오직 우리뿐
세상이 바로 서도록 존재한다
저놈을 매우 쳐라

물푸레나무

세상의 물은
우리가 있어 푸르고 맑다
개울가에 서서
흙탕물을 정화한 지가 수만 년
그 세월 누가 알아줬는가
오직 물맛을 보며
하늘을 쳐다보지 못하고
깨끗한 세상을 만든 자부심으로
산을 지켰다
인간들은 모르더라
저절로 솟아난 물이라고
팔짱 끼고 나무 둥치에 기대어
꽃향기에만 취하더라
제 흥에 겨워 가지 자르고
작대기로 쓴다며
굵은 가지 꺾어가더라
은혜를 모르고
빚진 것을 모르는 인간들을
누가 가르치고 훈계할 것인가
이제부터 하던 일을 멈추고
모르쇠가 되어
인간들의 아우성이나 구경할까

말채나무

아이들은 죄가 없지
잘못 저지르면 회초리 몇 대로
뉘우치기를 바라지
잘 달리는 말이 무슨 죄 있다고
가지 꺾어 또 때리는가
색이 붉은 것은
흰꽃을 피우려는 생존전략
씨방을 아래에 두고
꽃 피운 건
사람들만 보라는 게 아닌데
낭창하고 질기다는 이유로
회초리 만들어 휘두르며
때리는 나무라 이름 지었는가
잎과 껍질을 벗겨 지혈제로
종기에 발라 소염제로 쓰는 것은
얼마든지 참을 수 있지만
잘못 없는 말을 때리고
아이들 회초리로 쓰는 건
어른들의 이기심이지
이젠 사랑의 나무라 불러다오

느릅나무

암수가 함께 피는 꽃을

중성자라 하지 마라

자연에 순응하느라

단순하게 피어나 가지 뻗낸다

바람에 의해 수분이 되는 것을

풍매화라 불리지만

살아남는 방법 중 이만한 게 없지

잔가지에 엷은 잎으로

태양 앞에 섰을 때는

아무것도 두렵지 않다

인간에게 해를 주지 않고

그늘 만들어 쉼터를 주는데

저희 병을 고친다고

항암제 항바이러스 치료제라고

잎을 훑어가는 것도 모자라

몸통 체 홀라당 벗겨가는 것인가

저 살겠다고 남 죽이는 건

지옥 문턱 넘을 죄악

못살게 굴지 말고

우리의 터전에서 발길 돌려라

뽕나무

하늘에서 내려와
땅 위에 처음 뿌리내렸을 때
곁에 있는 곤충은 누에뿐이었다
아무것도 먹지 못한 누에가
잎을 먹을 수 있도록 보살피고
집을 짓게 한 것은
울타리가 된다 해서였다
인간은 참 영악하다
그걸 알고 고치를 빼앗아
저희 옷감을 짜고 먹거리로 삼는가
열매를 먹는 것도 모자라
뿌리를 캐어 순환기 약으로 쓰고
껍질 벗겨 호흡기 질환에도 쓰고
우리에게 기생하는 상황버섯과
상생 기생하는 겨우살이도 약에 쓰지
인간의 만병통치약
뽑아내고 꺾어내도 오기로 버티며
전부를 주었어도
자꾸만 달라고 하니 어찌해야 하나
우리가 멸종되어 간다고 해도
욕심 많은 인간들은 찾아내고 말 것
기어이 하늘로 돌아가련다

아카시나무

향기는 십 리를 가고

뿌리는 백 리를 뻗는다

우리를 이 땅에 가져온 일제가

철길 끊어버린 산기슭에

마구잡이로 심었다

고향은 머나먼 남쪽

새롭게 자리 잡은 땅을 위해

몸을 불살라 뻗어갔다

초가집 구들장 밑을 뚫고

명당의 묘지 밑을 파고들어

악마의 종자라고 말하더라

벌 키워 꿀을 따갈 때는 언제고

뿌리까지 파헤쳐

아궁이에 불태우더니

우리를 악마라고 부르다니

누명을 벗겨다오

가만두면 곱게 크는 걸

목 자르고 팔 자르고

뿌리까지 몽땅 뽑아내 버리는가

우리가 갈 곳을 잃었으니

성근 꽃향기

누가 지천으로 뿌려주려나

가죽나무

길 가다가 교각 아래 음습한 곳
고가도로 콘크리트 틈에
무성한 잎 흔들며 차량 배웅하는
우리를 봤다면
끈질긴 생명인 줄 알았을 것을
가짜 중나무라 부르지 마라
이름은 너희가 지어 불렀고
우리는 귀한 나물로
사람의 입맛을 사로잡고 산다
승려의 밥상에 오르고
고급목재가구로 만들어져
인간들의 눈총을 받으며
어렵사리 견뎌왔다
향기가 짙어 간지럼 태우고
그늘이 많아 습기 찬다고
마구잡이로 베어 넘겨도
어디든지 뿌리 내린 우리는
너희에게 지혜를 준다
아무 곳에서나 산다며 천대하고
잘라내고 짓밟는가
잎과 표피가 만병통치약이라며
자르고 벗겨가도 일어설 뿐이다

버즘나무

플라타너스
생소하고 어려운 이름을
왜 자꾸 부르느냐
도심의 제일 가까운 곳에
가로수로 심어두고
그늘 좋다며 풍취를 즐기더니
그것도 옛말
이제는 해마다 목이 잘리고
가지 꺾여나가 몸뚱이만 남았다
모가지 없는 짐승 어디 있고
몸뚱이로 걷는 사람 있더냐
군중 속에 세워 놓고
홀랑 벗기는 것도 모자라
하늘에 닿지도 못한 가지마저
몽땅 잘라버리는 오기는
어느 나라 법이더냐
보기 싫거든
깊은 산골 고향으로 보내다오
그동안 나눠주느라
밤낮없이 만든 공기는
누가 다 먹었던가

버드나무

바람 부는 대로
날갯짓에도 흔들리는데
실가지에 닿은 물결만 바라보는가
물가에 옮겨오기 전에
흐르던 물은 멈추지 않았다
이름난 식당과
고대광실 부잣집에
우리 이름 붙어있는 것을 봤는가
담장 밖이 궁금한 소녀의 그네
장독대에서 발돋움하는 아낙들
모두가 우리를 따라
허리 흔들어 춤추더라
항암제로 쓰이며
뼛골 살지게 하는 가죽 속을
아무리 드려다 봐도
하얀 속살에 비치는 건
너희의 얼굴
봄날 흔들리는 게 보이거든
꽃그림자 기다리며 강가에 오라

돈나무

돈과 똥은 같은 말

잘 살기 바란다면 똥을 섬겨라

바닷가에 서 있어

해충을 피하기 위한 수단으로

냄새를 풍기는데

인간들은 똥과 돈을 구별 못 하고

돈나무라 하더라

잎과 가지를 보고

수형이 아름답다고 하면서도

집안에 기르지 못하는 건

냄새 때문이라고 투덜대지

짙은 향기에 찾아드는 벌 나비는

인간의 눈길을 사로잡아

귀한 대접을 받는다

이름값 하기는 모자라

위로 못 옮겨가고

따뜻한 곳에서만 살아

귀족이라 불린다만

사람이 싫어 바닷가에서 산다

측백나무

임금 무덤에는 소나무 심고
집안 무덤에는
측백나무를 심는다는데
우리는 삶을 위하여
벌레를 물리쳤을 뿐이다
행여 겨울철에 잎을 떨구면
동장군 속에든 벌레가
파고들어 집 지을까봐
겨울을 잊어버렸다
사철 푸르러 신선들이 놀아주고
짙은 향기 다듬어 몸 가꾸는데
지혈제로 쓰면서
이제는 방습제로 만든다
아비 무덤 지키며
시신에 생길 벌레를 막아 주는
그 공적 어데 두고
소나무 다음가는
이등 나무라 부르는가
우리는 나무 중의 일등 나무다

향나무

구린내 풍기는 자가
향을 찾는다
귀신을 부르는가
부처를 찾는가
소원은 마음가짐 따라 이뤄지고
행동하기 따라 얻는다
우리는 살아가기 위하여
힘써 만든 냄새를
인간의 코는 무엇을 얻으려고
향이라 부르며 가지를 꺾는가
조상을 부르거나
귀신을 찾거나
아니면 부처를 부르는 건
모자람을 채우기 위해서라지만
왜 우리의 생명을 빼앗아
불을 피우는가
향수를 바라지 말고
찌든 양심을 바로 세워
만사에 떳떳해라

섬백리향

바람이 실어 가는 냄새는
부근에서 흩어지고
짐승에 묻어가는 냄새는
천 리 가는데
인간의 하찮은 거짓말은
몇 만 리를 간다
벌 나비 불러들여 씨앗 맺으려고
짙은 향기 뿜어내는데
인간은 냄새마저 빼앗아
저희 위한 향수로 쓴다
바위틈에서 살아남기가
그리 쉬운 일인가
너희들은 땅을 줘도 못 살고
집을 줘도 못 살겠다고
하소연만 하는데
비바람 맞아 바위틈에 피운 꽃을
만 리 천 리 쫓아다닌다
우리 삶을 방해 하는 사람들
누구든지 말려다오
이젠 향기 피워낼 힘이 없다

이팝나무

굵어도 살고

많이 먹어도 산다

그까짓 것이 뭐라고

꽃을 보고 밥이라 하는가

꽃을 피워 열매 맺는 건

새들에 먹혀 씨앗을 퍼트리기 위함인데

한번 바라보고 끝낼 것을

마당에 옮기는 것도 모자라

도심 길가에 심고, 공원 언저리에 심어

쾌쾌한 매연을 맡게 하는구나

무슨 염치로 사람들은

욕심을 채우기 위한 수단으로 삼는가

꽃은 생존이며 번식이다

영원히 살 수 없어 대를 이어가기 위함인데

꺾어들고 좋아라고 손뼉 치는가

우리를 잘라 목재로 쓴다면

기둥이라도 될 터인데

우람한 모습 잊고

오롯이 꽃만 바라보는가

벚나무

4월이 되어
꽃이 대지를 가득 채울 때면
동지섣달 기나긴 밤
추위에 떨며 견뎌낼 때보다
힘들고 괴롭다
꽃잎마다 부서지는 햇살과
가지 끝에 매달리는 바람
벌 나비 파고드는 간지럼보다
인간의 괴롭힘은 산보다 무겁다
번식하려고 피운 꽃을
떼 지어 찾아와 짓밟고
먹다 남긴 쓰레기를 쏟아내며
온갖 악취를 풍기는 행태는
동족상잔의 비극인가
꽃 진 뒤에는 거들떠보지 않고
봄마다 맞이하는 이 수난을
어떻게 피할 수 있는가
머나먼 남쪽 섬나라 봉우리로
우리를 보내다오
부디 휘황찬란한 불빛에서
해방 시켜다오

싸리나무

세상의 모든 나무 중
인간에게 가장 유용한 나무는
당연히 우리다
소쿠리 광주리 지게 바작으로
물건을 담거나 옮기는데 쓰고
아이들 가르치는 회초리로
곡식을 터는 도리깨로 쓰고
밥상에 오르는 찬 나물로
약탕기에 끓는 약용으로
꿀을 만드는 가을꽃으로
울타리 치는 싸릿대로
어느 부위를 써도 필수품이지
우리는 그것도 모자라
쓰레기를 쓸어내는 빗자루로 와서
닳고 닳도록 헌신한다
하찮다고 절개지 지키라 하고
장독대 뒤를 가리라 하는가
쓸모가 많아 귀한 쌀나무라 해놓고
어느 곳에서도 천대받는 우리를
기억하고 기억해라

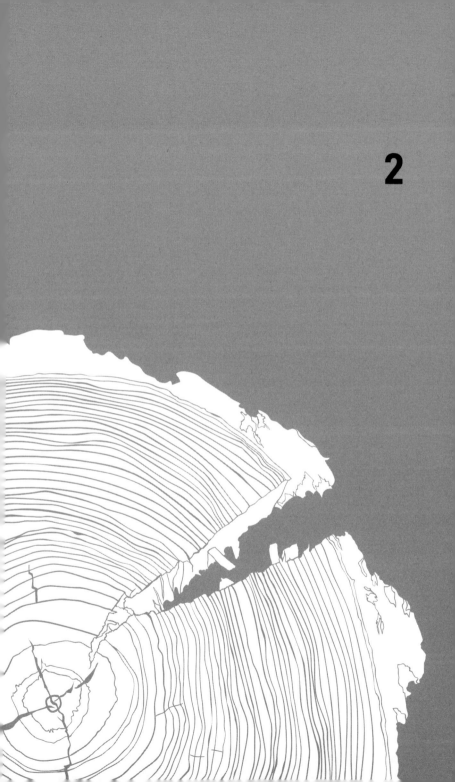

2

은행나무

천 년을 살다 보니 보이더라
산다는 건 무엇이고
죽는 것이 무슨 뜻인지를
이억 팔천 육백 년이 무슨 의미이며
왜, 열다섯 종에서 한 종이 남았는지를
살아있는 화석이라 불리지만
천 년 전이나 지금이나 똑같아서
오래 살았다는 건
아무것도 가지지 않았다는 것
말 한마디 않는 것은
삶은 의미가 있는 게 아니고
이유가 없다는 걸
너무 잘 알았기 때문이지
자연은 그런 거지 식물이든 동물이든
살기 위해서 사는 게 아니라
살아있어 사는 것이다
많은 걸 가지려 싸우고
버리지 못해 쌓아두는 것은
삶에 대한 죄악
가지려 바동대지 말고 자연에 순응하라
우리를 바라보는 눈빛이
하늘로 향할 것이다

홍단풍나무

많고 많은 나무 중에
우리만큼 몸부림치는
나무가 있을까
가을도 아니고 떨켜도 없는데
날 때부터 붉은빛을 띠는 건
줄기를 강하게 하기 위한 수단
햇빛은 동색을 좋아한다
잎 색깔만큼 속도 강하여
가구 중 가장 고급품을 만들고
결의 아름다움으로
장식품 중 으뜸이다
하지만 자랑하지 않는다
우리가 원하는 것은
어여쁨보다는 단단한 결집인데
크기만 기다리는 인간들의
무지한 도끼질을 받는다
안방에 단풍나무 가구가 있다면
볼 때마다
우리의 사정도 헤아려라
저절로 얻어지는 것이 없다
이유 없이 가지려 마라

고로쇠나무

거머리가
인간의 장딴지를 뚫어
피 빨아 먹는 것을 봤다
새발에 묻힐 만큼 적은 피였다
그랬다고,
풀대에 꽂혀 내장을 뒤집고
햇볕에 말리더라
그런 너희들이
우리 몸뚱이에 도래송곳 구멍 뚫고
피를 빨아 가는데
이를 어찌해야 할까
뼈에 좋다고 골리수라 부르며
악귀보다 더한 욕심으로 빼가는 걸
보고만 있어야 하는지
바위틈에 비집고 들어가
얼음을 깨트리며 채운 우리의 피를
너희들은 누구의 허락받고
빨아 먹는가
수백 그루씩 묶어 밤낮없이 빼 가면
우리 목숨은 어찌해야 하는가
거머리보다 잔인한 인간들을

대나무

우후죽순 이 말을 들었다면

비 내리는 날 대밭으로 오라

20m 자라는데 1주일이다

속을 비운 것은 단단한 겉을 믿었기 때문

마디를 둔 것은 서있기 힘이 들어서다

새를 품어 저녁을 지키고

바람을 가둬 낮을 지키는데

톱질 한 번에 넘어지는 소리 들었다면

다시는 곁에 오지 마라

창이 되어 민중을 지키고

화살이 되어 나라를 지켰는데

마구잡이로 베어 넘어트리고

파죽지세를 읊는가

파고드는 칼날에 아픔 참느라 내는 소리를

승리의 찬가로 알아듣는 너희들

일상의 모든 것을 만드는 것도 모자라

이제는 소금 채워 숯으로 만들고

화로에 태워 화염 뿜는다

옛 선비들의 절개는 어디 가고

바람 앞에 흔들리는 머저리만 남아

대숲 앞에 천막 치는구나

화살나무

여자들의
월경을 통하게 하고
피멍 든 근육을 풀어주며
위장을 보호하고
활기를 찾아주는 나무
이로운 건 다 해주는데
돋는 잎을 즉시 뜯어가서
나물로 먹어치우는가
가지에 돋친 잔 날개를
밤낮없이 훑어가서
바람 소리 내어도
화살 닮았다고 한다
전쟁을 겪지 않고
창, 칼, 화살을 모를까만
전쟁터에 나가는 게 아닌
평화를 지키는 나무
살상의 이름 지우고
도움나무라 불러다오

호두나무

우리가 너희를 닮아

영리한가

인간이 우리를 닮아

영악한가

키 큰 몸에 굵은 가지

꽃은 있는 듯 없는 듯 피워도

단단한 열매는 누구도 못 따르지

망치로 깨트려 보니

인간의 뇌가 훤히 보이고

주름진 알맹이는 지혜의 방

한 장으로 폈을 때

지구의 반을 덮는다

껍데기의 두께를 재지 마라

두 손바닥 맞물어도

깨지지 않는 결속이다

열매를 가져갔으면 되었지

무엇을 더 바랄까

기둥이 굵다고 판자로 깎아

이층 장 만들어

옷 넣을 땐

머릿속에 환한 호두를 그려라

사과나무

스피노자가 심은 사과나무에
몇 개의 사과가 맺혔는가
세어보지 않고 맛을 보는구나
지구의 종말이 오는 순간까지
사과는 사람의 양식이고
삶의 방법이다
우리의 땅은 북위 36° 아래
위쪽으로 옮겨가면 열매가 없다
얼마의 탄소를 배출했느냐보다
배출하지 않은 것을 자랑하라
우리가 북쪽으로
한 걸음씩 옮길 때면
지구의 온도는 1°가 올라가고
바닷물은 2m 높아져
너희 살 곳이 줄어든다
지금 북위 38°에서 밟은 땅도
점차 뜨거워져 살 수 없는데
얼마나 더 탄소를 내뿜을지
우리의 삶이 너희의 기반
뜨거워서 더는 살 수가 없구나

복숭아나무

무릉도원이 어디냐

네가 살 수 있다면 거기가 지상낙원

하늘에서 내려와 자리 잡은 곳에

인간은 보이지 않았다

열매의 크기보다

숫자가 많으면 족한데

너희는 육질의 맛과 수량을 계산하여

우리를 지배하기 시작하였다

씨앗은 줄이고

과육만 늘리고 늘렸다

하나를 먹으면 천 년, 둘에 이천 년

셋을 먹은 동박삭은

삼천 년 살았는가

인간의 수명은 먹어서 늘어나지 않는다

하늘 과일을 찾는 너희는

사막의 도마뱀

이슬 한 방울도 아깝다

배나무

인간이 말하는 나무의 기준은
하늘 높이인가 땅 넓이인가
기둥은 하늘로 치솟고
가지는 땅을 향해 뻗어야 나무
너희는 기둥은 자르고
가지만 넓히는구나
잔가지 하나도 끈에 엮여
말뚝에 묶인 우리가
무슨 죄목의 수형수인가
하늘에서 보면 납작 배추
땅에서 보면 종잇장
씨앗 퍼트리려 피운 꽃도
송이송이 솎아버리는구나
찾아온 벌 나비 헤매는 걸
너희 눈에는 보이지 않는가
살기보다 죽기를 바라는
무디고 무딘 너희는
지구 위에 발 디딜 자격 없다

매자나무

어느 땅에 뿌리내려도

우리는

사는 방법이 갔다

인간들이 싸움질할 때

간격 좁혀 터를 넓히고

양지 끝이면 그곳이 보금자리

성장이 느릴 뿐

어리다고 얕보지 마라

장염, 이질, 황달, 폐렴, 인후염,

골증, 결막염, 결핵성 발열에

잎, 줄기, 뿌리

전부를 줘 너희가 사는데

길가에 울타리로 둘러치고

쓰레기 취급하는가

좁은잎매자, 연밥매자에

속지 마라

겉이 비슷하다고 전부

매자가 아니다

오리나무

오리마다 한 그루 심어
오리나무라 부른다
십 리마다 심어
십리나무라 하지 않고
겨우 오리 안팎인가
인간의 기억은 좁쌀만 하여
백 걸음은 기억해도
천 걸음을 몰라
바람 한줌 기억도 잊어버린다
단단한 줄기에 시원한 가지
꽃 피워 낸 자리에
구름 내려 비에 젖었어도
거리를 헤매는 인간의 이정표
파발마의 붉은 땀
빗발치듯 닦아주다 멍들었다
열매가 맺히거든 먹지 마라
날개 잃은 새들의
일용할 겨울 양식
길가에 서 있는 걸 보게 되면
거기서부터 오리 밖을 살펴라

헛개나무

사람들은 우리를
간을 위해서 먹는다고
말하였던가
간은 왜 나빠졌느냐
밤새워 노름에 빠지고
술독에 빠져 마셔대고
밤낮 좋다는 건
살펴볼 틈 없이 죄다 먹어대니
간이 무슨 재주로 버틸까
건강은 건강할 때 살펴라
헛개나무라 불리는 건
참된 일을 하지 못해
불리는 이름이나
그저 헛헛해서
불리는 이름이 아니다
잘못 쓴 약은 독보다 해롭다

옻나무

인간은
핏빛만 비쳐도 호들갑에
피 한 방울만 흘러도
몸서리친다
그런 인간들이 우리의 피를
얼마나 빼갔는지 아는가
잠시의 여유 없이
온몸을 쇠갈퀴로 긁으며
죽겠다는 소리에 귀를 막고
자지러지는 몸부림에도 못 본체
쇠 숟갈로 피를 긁어간다
이 땅에 어느 짐승이 저럴까
호랑이는 배부르면 잠들고
늑대도 낮에는 잠자는데
인간들은 밤낮을 가리지 않고
우리들의 살을 긁는다
궁궐 장롱에 칠하고
절간 밥그릇에 옷 입히려고
빈 통을 채워가며 긁어가는가
우리 삶도 너희와 같으니
제발 그만두어라

소태나무

아무나 따 먹었다

온갖 짐승은 배고픔을 면하려고

벌레들은 새끼를 키우기 위해

갈가리 찢어 먹었다

그냥 보기만 했다

달게 먹는 모습이 너무 좋았다

어느 날 인간들이 생겨나고

우리의 삶은 변했다

단물 빨아올려 만든 잎을

지독하게 쓴맛으로 바꿔야 했다

맛을 본 인간들은

남김없이 쓸어가 버렸다

우리는 생존 문제였다

그때부터 쓴맛을 만들어내느라

쉬지 않고 일했다

하지만 소용없었다

그들은 쓴맛이 약이라며

잎이 나기 전에 가지부터 꺾어갔다

이제는 도망칠 곳도 없다

아무런 맛이 없는 잎이라면

우리의 생명도 끝나겠지

황철나무

너희가 급히 쓸 곳이 있다면
우리를 심고 정성을 다하라
30m 자라는데 몇 년
아름드리 크는데 수 삼 년이다
가구와 집 짓는 목재로
집 앞에 자랑삼아 심는다면
멀리서도 크게 보인다
사시나무를 보거든
우리를 생각하고
키 큰 나무 앞에서 이름 불러라
궁궐에 심으면 어른나무
민가에 심으면 부자나무
멀리서 황칠나무 찾으면
못 봤다 하고
꽃을 찾으면 위를 가리켜라

튤립나무

나의 고향은

머나먼 북아메리카

신작로가 생기면서 이 땅에 왔다

키 크고 우람해도 단단하여

넓은 잎으로 하늘 가리지 않는다

꽃이 작다고

튤립 닮았다고

이름에 어울리지 못한다고

멸시하지 마라

추울 때는 힘을 아껴야 한다

저축을 모르는 사람들아

흥청망청 놀다가 어디로 가느냐

삶은 한 번뿐이고

시간은 무한하다

그 속에서 자랑만 한다면

마지막은 금방 닥치는 것

키 크고 속없다는 말

함부로 뱉지 말고

실속 있게 삶을 꾸려라

그게 우리의 삶이고

너희 주변 곳곳에 우리가 있다

피나무

신선이 바둑 둘 때
허공에다 돌을 놓지 않는다
우리 등을 깎아 판 만들어야지
껍질은 밧줄 만들어
고깃배 동아줄로 쓰고
목재로 쓰고 남은 찌꺼기는 섬유로
잔가지와 잎은 이뇨제로
인간에게 전부를 주고도
부부의 화합을 가르치는 나무
신혼부부 창가에 심어
해로를 알려주는
옛 가구에 피나무 결이 보이거든
고개 숙여라
피와 살 발라주고 얻은 이름인데
산야에서 사라지고 있다는 걸
너희는 아는가
우리를 아끼는 게 인간의 조건이다

팽나무

팽총을 쏴 봤다면
가늠자의 크기를 안다
소금밭 가에서 뿌리 내리고
짠바람 앞에서 기죽지 않는다
기둥 굵기를 키워
고깃배 밧줄 걸었을 때는
포구나무라 불리고
아이들 놀이터로 내 줄 때
팽놀이감 나눠줘 얻은 이름
여자들의 혈맥을 뚫어주고
남자의 기를 살린다
기죽지 마라
너희가 사는 동네마다
당산을 지키는 나무는 우리뿐
언제든지 찾아와 등을 기대라
아래부터 잎이 피면 흉년
위에서부터 잎이 나면 풍년
인간사 길흉을 점치고
안녕을 빌어주는 당산나무
너희의 수호신이다

느티나무

걷고 걸어 고향으로 돌아와
제일 먼저 보이는 게 무엇이더냐
나는 이정표
어디에서나 눈에 띄어
느티나무라 불러놓고
괴목이라 칭하며 베어 넘기는가
속이 단단하다고
넓이가 대단하다고
색깔이 고급스럽다면서
귀목이라 하지 않고 괴목인가
마을을 지켜주는 것도 모자라
쉼터를 주면서 살아온 천 년
그 많은 세월 속에
나는 너희의 모든 것을 안다
귀가 없다고 말 못 하고
눈이 없어 보지 못할 줄 알았더냐
밤낮으로 저지른 너희의 업보를
한마디 전한 적 없는데
치솟는 아파트 짓는다고
뿌리째 뽑아 떠돌게 하느냐
나를 심은 너희 조상이 알면
무덤에서 일어난다

배롱나무

늙으면 초라해진다
힘없이 늘어져 바람도 잊는다
걸음걸이와 처진 어깨에서
찬 서리 맛을 느끼고
하늘 높이를 잊는다
그게 사람이다
주저앉고 드러눕기를 바란다면
나를 봐라
깨끗한 근육질이 보이는가
내가 옷을 입었을 때는
잠깐의 철부지였지
나이가 들수록 벗어버리고
떳떳하게 보여줬다
자신감이 아닌 삶의 본능이었다
입을수록 감추려 드는 게
사람이다
감추면 감출수록 껴입는 옷
과감하게 벗어라
알몸을 보여줘야 깨끗하다
너희가 심어서 키운 내 앞에서
떳떳함을 보여라

3

가문비나무

더워서 못 살겠다
내 고향으로 보내다오
옮겨 온 지 100년이 넘었는데
흰옷 입은 사람들의 따뜻함이
이렇게 높을 줄 몰랐다
나무 중 나무라며
재질이 좋아 소리전달이 잘 된다고
피아노 상판을 만들더니
남쪽으로 가져와 더위 타게 한다
종비나무 풍산가문비나무에게
거듭 물어보아라
멀리 북쪽에서 온 우리를
별종이라 부르는지
소나무와 같은 송진을 만들고
전나무와 함께 회목이라 불리지만
열매를 높이 달아 쳐다보지 못해
나무 중의 나무라 한다

구상나무

대한민국을 대표하는 것을
하나, 하나 세어보자
지형지물은 빼놓고
인물이나 생물들 어느 것을 떠올려도
내가 첫 번째다
오직 이 땅에만 있는 나무
자랑해도 무자라는데
너희는 너무 모른다
우리가 살 곳은 북위 36°
그 이상에는 뿌리 못 내려
한라산 지리산 덕유산에서
옹기종기 모여 사는데
이젠 이곳에서도 뜨거워서 못 살겠다
누가 지구의 온도를 높였는가
너희들의 편리를 위해서
너희가 높였다
외국 문명에 물들어
크리스마스트리로 마구 뽑았으니
뉘우친다면 탄소배출 줄여라
더는 이 땅에서 살지 못하고
우리가 먼 이국을 떠돌 때면
인간들의 삶도 끝이다

주목나무

백두대간
태백준령의 두위봉에서
주목의 위용을 보았다면
욕심을 버려라
1,400년을 산다는 게 쉽겠냐
백제의 계백, 신라의 김유신이 동갑
이렇게 사는 방법은
천천히 아주 천천히 숨 쉬며
몸 안의 욕심을 버리는 것이다
벌레가 침입하지 못하도록
탁신을 만들어 몸을 감싸고
주위의 나무들과 세력다툼 안 했다
색이 붉고 단단하다고
관 만들어 들어간 권력자
지금 흔적이라도 있는가
벽사의 나무로 칭송받다가도
열매에 감춘 극독은 생명을 빼앗고
붉은 물감은
역사에 남는 그림 그린다
터전을 침범하지 마라
우리 없는 세상에 인간도 없다

가래나무

호두나무에 밀려 자리 빼겼다
어디로 튈 줄 몰라
양쪽이 뾰죽해도
방향은 언제나 한 곳 땅이다
고소하고 영양이 많다는 말을 믿고
추자라 불려도 불평 없이
이 자리를 지켰는데
이제는 손아귀에든 장난감
그 옛날 재궁이라 불리며
임금의 죽음을 지킨 영광 어디가고
밭두렁에 서서 그림자 드리우는가
오직 인간의 부스럼을 달래고
어른들의 손 안에서 놀아나는 우리
호두나무와 구별하여 불러다오

골담초나무

왜 인간의 뼈를 책임져야 하는가
나비 닮은 꽃잎에
노랑빛깔 화려한 모습으로
담장 밑에서 춤추는 걸 봤다면
우리 이름 새로 지어라
거름 한 삽 주지 않아
뿌리혹박테리아를 키워
스스로의 삶을 책임지는데
뼈를 책임지는 나무라 이름 짓고
뿌리째 몽땅 뽑아가는 구나
의상대사가 지팡이 삼아
중생을 구하고 다녔을 때
비와 이슬 없이 자라나 도왔고
민초의 뼈를 책임 졌으니
이황이 지어준 선비화란 이름으로
길이길이 기억하며 불러다오

오갈피나무

자양강장제부터
31가지의 약효가 있지
인삼보다 효능이 좋아도
제배하기가 쉽고
잎이 다섯으로 갈라져
오갈피란 이름을 얻었다
앞마당 뒤 울타리
밭둑 논두렁
깊은 산골짝에서도 자라나
인간에게 유용한 나무
가꿀 때는
약으로 생각하지 말고
친구로 대하라
그것이 은혜를 갚는 방법
사람에게 꼭 필요한
우리의 삶이다

노간주나무

어린 아이가
집체만한 황소를 끌고 가는 것은
코뚜레가 있기 때문이다
쟁기질에 말 잘 듣기
달구지 멍에 힘쓰기
밤길에 친구 집 지키는 야경꾼
소를 길들이는데
노간주가 없다면 어찌할까
부드러운 살결에 낭창한 굵기
독성이 없으며 성장이 곧은 나무
대한민국 고유종 화석나무
함부로 낫 휘돌리지 마라
가느다랗다고 만만하여
장난으로 휘돌리면
산 높이 가늠하기 어렵고
산등성이 헤아리지 못한다
길을 걷다가
산에 오르는 듯 뾰족한 나무가
바람 타는 모습을 봤다면
그게 노간주나무
홍수에 물길 짐작하는데 최고다

국수나무

쌀 없어 밥을 못하고
솔피 벗겨 죽 끓이고
풀 뜯어 반죽하는 것은
살기 위해서 어쩔 수 없겠지만
우리에게
국수나무라 이름 붙이고
가지 꺾어 짜내는 짓은 무언가
가냘픈 가지에 작은 잎
가시 닮은 작은 몸 대를
함부로 꺾지 마라
실바람 이기려고 뭉쳐있고
허물어진 바위가 무서워
움츠렸을 뿐
지나가다 건드리고
이곳저곳에 꺾어 버리는 짓
멈추고 가던 길 가라
꽃이 보이지 않아도
벌은 찾아와 꿀을 먹고
나비 날아와 놀다간다

붉나무

많고 많은 단풍 중에
붉다고 이름 붙은 나무
천금을 줘야 구할 수 있어 천금목
갓끈으로 구슬로 깎아
의관정제하고 거리에 나선
선비의 뒤태가 바로 붉나무다
소가 병들면 외양간을 지키고
가지에서 나온 소금은
인간의 병을 고친다
오배자를 알면 경배하라
작아도 칼륨염이 많아 짠맛 돌아
소금 대신 썼는데
길가에 흔하다고 천대 받는다
염부목, 염목이라 부를 때는 언제고
바위자락에 던져 말라 죽이는가
흰머리 싫어 검은색 물들이는 게
모두가 우리의 덕택인데
가죽염색으로 쓰면서
오래 살 수 없어
여기저기 흩어져 나뒹군다

팥배나무

크다고 씨도 클까
주먹보다 큰 배 갈라봐라
팥배 씨앗보다 큰지
큰 것은 인간이 먹어 치우고
씨앗은 버린다
팥배는 작아서 새가 먹지만
산골짜마다 씨앗을 뿌려
우리 땅을 만들지
작다고 무시 마라
우람하게 자라난 우리를
목재로 쓸 때면
좁쌀만 한 씨를 떠올리고
작은 것을 우대하라
너희가 살아야 할 도리다

층층나무

사람의 층계는 몇 층인가
똑같은 사람인데
사는 것이 다르고
다른 만큼 계급을 두는가
100층 높이 산다고
지하에 산다고
신선과 노예가 아니듯
삶의 방식으로 만든 돈의 두께로
계급 만들어 멸시하는 건
오직 사람뿐
산에 들어와서 보아라
온갖 짐승은 계급이 없고
약육강식의 법칙만 존재하지
우거진 숲에서
사람 눈에 잘 보이는 우리는
가르치려 하지 않는다
층층을 보고
스스로 평등하다는 걸 느낄 뿐
우리 앞에서
사람의 층계를 허물어라

사철나무

사철 푸르고 푸르러
외롭게 독도를 홀로 지켰다
나라 망하는 날
외인이 밟기 전에 돋아나
120년을 지킨 홀로 섬을
바위 빛깔 지워
푸른 땅 만들었으니
숨 쉬는 사람마다
사철나무 덕을 못 잊는다
파도 몰아치고
왜적의 함포는 닥쳐들어
갈매기마저 도망친 땅에
우리의 기념비 세워 기린다고
맨 처음 뜨는 해가 알아주랴
늦게 들어온 사람이 살펴주랴
우리는 우리의 빛으로
삶을 지켜 땅을 가꾼다

앵두나무

담 너머에 누가 있느냐

순자야

우물가에 간 명희는 아니 오고

울타리 사이에 앵두 익는다

쪽빛 가슴 울렁울렁

달빛 가슴 두근두근

마당 끝 그림자는 두 개

앵두 닮은 입술 이슬 머금고

우물물 길어 올려

물독에 붓는다

순자야 명희야 철이야

담 너머로 따주던 앵두

지금 익었느냐

봉창 그림자 너울거리며

새신랑 저고리 끈 풀어졌다

내일 아침 동트면

앵두나무 가지에 걸린 사랑

동네방네 뜬소문에 나풀거릴거나

다래나무

측막태좌목은 잊어버리고
다래나무 지팡이 짚어라
나이 들어 허리 아픈 사람아
일하느라 허리 굽은 사람아
다래나무 지팡이 짚으면
허리가 펴진다
잎 주고 열매 주고 그늘 주고
주고 줘도
고마운 줄 모르는 사람들아
장독대 울타리에 단풍 들거든
한여름 이겨낸 새큼한 신맛
시렁에 얹혀두고 콩을 갈아라
관절통 앓는 할머니
체증 걸린 할아버지
신경통에 끙끙대는 아버지
우릴 바라보며 갈증 푼다

굴피나무

우리들도 경쟁이 심했구나
그 옛날
궁궐기둥 군사목책 임금의 관
좋은 가구와 농기구는
전부가 우리들 차지
느티나무 은행나무 소나무는
우리 곁에 오지도 못했다
이제는 옛말 되었구나
산기슭에 듬성듬성
이웃 없이 서서
알아보는 사람이 없으니
부귀공명이 허망하다
사람들아
지금의 위세를 자랑 마라
세월은 바람보다 빠르고
잊히면 이름도 안 남는다
사는 게 뭐라고
아귀다툼도 모자라 포탄 만들고
핵무기 자랑까지 하는가
명맥이라도 지키려면
우리를 교훈삼아 조용히 살아라

탱자나무

위리안치 말 들어봤다면

죄 짓지 말아야지

사방에 탱자나무 둘러치고

꼼짝 못 하게 한다면

누구든 못 견디지

몽골병 물리친 시기리 탱자나무는

늙어서도 도둑 지키고

동네 울타리마다

참새들 놀이터가 된 우리는

머나먼 중국 남쪽에서 왔다

따뜻한 곳에서는 귤

추운 곳에서 탱자라 부르지 마라

원래부터 탱자나무

귤보다 짙은 향기가 싫다면

약으로 쓰면 되지

울타리 외엔 쓸모없다는 말

틀렸다, 우리를 말려서

건위제 이뇨제 피부약으로 쓰니

이름 높은 사람 지킨다

귤나무

삼국시대에 건너왔다
금귤과 유감 동정귤이 상품
감자와 청귤이 다음이며
유자와 산귤이 그다음이다
당귤 왜귤 황감
이 이름 알고 있다면 대학에 갔다
귤 맛보러 제주에 간다면
대학나무 언급 마라
그 옛날 관리들의 수탈에 뽑아버리고
임금이 찾았던 맛을 잃었다
일본인들이 가져다가
계량하여 다시 들어와 온주밀감이라며
한때 대학나무라 불렸지만
이제는 천덕꾸러기
땅 한 평이 얼만데 귤나무 심겠는가
가슴 속 울화를 풀어주고
소화제 역할을 하며
이질을 멎게 한다지만
약국에 쌓인 게 양약인데
누가 우리를 찾겠는가

후박나무

인정 많고 거짓이 없으며
후덕함을 가졌다고
후박나무인가
후박 피가 위장에 좋다며
사람마다 톱 들고 달려들어
바닷가 산이 홀랑 벗겨졌는데
이제 후박나무라 부르지 말고
소박나무라 불러라
병치레 피하려면
적게 먹고 운동하면 되는데
우리의 삶을 위해 만든 물질을
사람이 빼앗아 가는가
몇 년이라도 그냥 두어라
다른 나무 제쳐두고
우리의 터전 만들 때까지
잠시 눈감고 발길 돌려라
그런 연후에 너희가 원하는 약
얼마든지 가져가거라

계수나무

1920년대 일본에서 들여온
계수나무가
'푸른 하늘 은하수 하얀 쪽배에'
'계수나무 한 구루 토끼 한 마리'
동요가 되어
아이들을 가르쳤다
연향목으로 불리며
정원에서 향기를 발할 때는
옆에 있는 사람도 잊는다니
달 닮은 잎이 전설과 같아
이 땅에 들어오기 전에
이미 지어진 이름
선비들은 중국 시풍에 빠져
보지도 않고 시를 읊었으니
신선나무가 분명하다
이제는 어디를 가든지
정원에 자리 잡고 있다
사람에게 당한 피해가 없으니
영광의 나무, 전설의 나무로
그 향기는 영원하겠지만
계피나무와 다르니 혼동하지 마라

두충나무

양기를 보해서 활력을 넣으며

허리통증에 잘 들어

껍질을 벗겨가고

사지 신경통을 잘 다스린다고

사선목이라 부르며

찾아 헤매지 말며

심신을 가다듬어 욕심을 버려라

사람은 움직이는 생물이라지만

가만히 있는 게 보약이다

중국에서 처음 가져올 때

무슨 말 들었는지 모르지만

모두가 헛소문이다

사람들은 제 몸 간수하지 못하고

약 찾아 헤매며 허송세월 보내는데

그게 제일 큰 병이다

이 땅에 나무가 없다면

하루도 살지 못한다는 걸 잊고

오늘도 산야를 헤매는구나

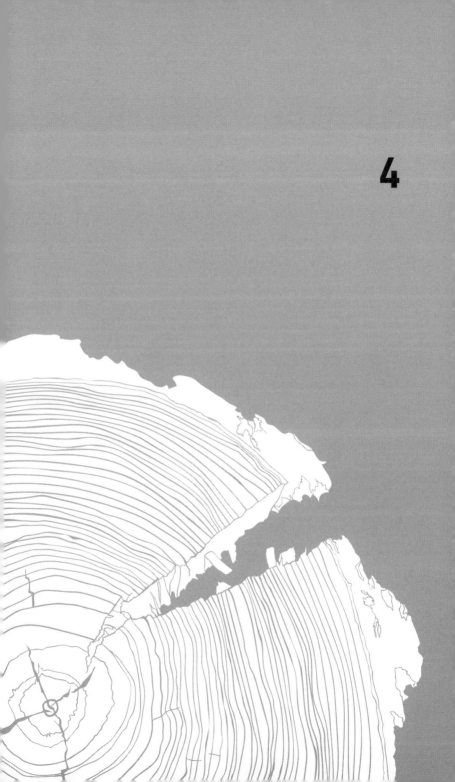

4

자작나무

산골집은 대들보 기둥
문살도 자작나무다
밤이면 캥캥 여우가 우는
산도 자작나무다
그 맛있는 메밀국수를 삶는
장작도 자작나무다
감로같이 단 샘이 솟는
박우물도 자작나무다
산 너머에는 평안도 땅이 보인다는
산골도 온통 자작나무다
시인 백석이 이렇게 읊었다
우리는 백두산에서 퍼져나가
만주를 넘어 시베리아를 차지했다
눈 속에서 눈으로 살았다
아래로는 강원도까지 내려갔으나
우리의 터전은 없다
경주 천마총의 천마도 서조도를
우리의 껍데기로 그려
신라의 문화가 지켜졌다
글을 쓰는 나무가 자작나무
자작자작 잘 탄다고
함부로 아궁이에 넣지 마라

고욤나무

감나무를 기르는 새엄마
내 뿌리가 없다면
이 땅에 감나무는 있어도
감은 없다
3천 년 전 기록과 유물에서
발견된 나를
중국에서 왔다 하지 마라
나도 엄연히 감나무과에 속하고
감보다 많은 열매 맺는다
씨앗으로 자라난 감은
어미를 따르지 않는 불효자
오직 내 몸에 의탁하여 맺은
작은 열매가
사람의 먹거리다
식탁이나 가구목으로 쓰면서도
울타리만 지키고 있는데
동네 모든 일, 내게 묻는구나

살구나무

병 주고 약 준다는 말 참말이다
청명 날
봄비가 부슬부슬 내리는데
길 가는 행인에게 너무 힘들어
술집이 어디냐고 물었더니
살구꽃 핀 행화촌을 가리키네
라고 읊은 두보는
너무 많이 마셔 술병을 얻었다
살구나무 없는 곳은 고향이 아니다
머나먼 삼국시대 이전에 이 땅에 와
방방곡곡 없는 곳이 없다
제사에 빠지지 않고 올랐으며
보릿고개 넘을 때 구황작물
문인들의 시적 요소
화가의 그림 소재로 쓰인 나무
꽃 필 때의 화려함은
풍경 중 으뜸이다
행인으로 불리며 만병통치 약
장수의 묘약이었으나
단맛에 젖어버린 사람들은
열대과일 뒤에 방치하여 썩히는구나

삼나무

편백은 궁을 짓는데 쓰고
삼나무는 배를 짓는데 쓴다
섬나라 일본인들이
그들이 모시는 신이 준 나무라고
엎드려 경배하는 나무
흔하지만 귀한 대접 받는다
문학작품 속에 빠지지 않고
나무의 좋은 점은 다 갖췄다
아름드리로 자라나서
집 짓고 배 만들고

가구를 만들면 향기가 좋아
집안의 공기를 맑게 하며
술통을 만들면
술이 변하지 않는 나무
신은 살나무를 일본에만 주었으나
우리는 그걸 모르고 살았구나
겨우 한다는 것이
바람 막아주는 귤밭 방풍림으로
빼곡하게 심어 그늘만 넓힌다

낙우송나무

잎이 비 오듯 떨어지는 소나무
그런 뜻이 아니다
잎이 날개 달린 듯 휘날린다고
그런 이름 지었다
납작하고 선형을 이루는 잎이
이름을 만들었으나
북아메리카의 저습지가 고향이다
땅속이 막히면
뿌리를 위로 솟구쳐 올려
온갖 기근을 만들었다
사람들은 천불상 보듯 하며
무릎뿌리라고 부른다
물 걱정은 하지 않지만
깊은 뿌리 내리지 못하여
바람에 넘어져 웃음거리가 되지만
우리는 3천 년까지 사는 나무
습기에 강하다고 마구잡이로 베어
목재로만 쓰지 말고
사람의 경배대상으로 삼아라

칡나무

삶의 방향을 왼쪽으로 튼다
오른쪽으로 튼
등나무와의 갈등은
지구가 멸망할 때까지 풀 수 없다
산야를 덮어
다른 나무를 죽인다고
철천지원수로 대하지 마라
인간들이 가공하여 만든 약재가
백 가지가 넘는 건 우리뿐
이방원의 하여가를 기억한다면
밭두렁 산기슭에 그냥 둬라
이리저리 어울려 산다면
싸울 일 다툴 일이 무언가
땅속 깊이 뿌리 박혀
기반이 튼튼하고
어떤 비바람 추위에도
이 땅을 거뜬히 지켰으면 됐잖은가
술이나 약으로 쓸 때는
살구씨를 조심하고
산에서 뒤를 보고 잎을 쓰지 마라
역혈과 치질이 생긴다

자귀나무

우리는 평범함을 거부한다
다른 나무들이
벌을 꼬여내 수정하기 위하여
암술과 수술이 따로 자리 잡아
향기 뿜어내며 피지만
우리는 다르다
부챗살 모양으로 펼쳐놓고
꽃잎은 퇴화 기다란 수술을 날려
붉은빛을 강력하게 뿜어낸다
사람들아
화목을 자랑 마라
밤에 두 잎이 하나 되는
나무는 우리뿐
홀아비 홀어미는 없어
합환목 야합수라 불린다
자식을 오래 품어
늦봄까지 간직하여 흔들어 대면
여설목이라고 오해한다
죄귀목 자괴나무라 불리다가
이젠 자귀나무라 불리는 우린
이 땅의 봄을 꾸민다

모과나무

살구는 한 가지 이익을 주고
배는 두 가지 이익을 주지만
모과는 백 가지 이익을 준다
나무에 열린 참외
그게 모과다
못생겨서 모과 닮지 말라는 말
못난이의 대명사가 되었다만
지금은 변해도 너무 변했구나
성형수술 받았는지
비뚤어지지 않고
반듯한 모습을 자랑한다
자식 사랑한다면서도
많이 낳지 않는 사람들아
자식 멀리 보낼 생각 말고
곁에 두고 오래 보살펴라
아래를 보면 얼마나 거느렸는지
뿌리 위가 무성하다
목재로 쓰지 못하고
꽃 보기도 아쉬운 우리를
집 가에 심어놓고 즐긴다면서
마구잡이로 심지 마라
그게 우리를 보살피는 길이다

명자나무

봄꽃 중에 가장 화려하지만
품위를 지키고 소박하여
아가씨나무라 하는구나
짐승들로부터 지키려고
돋친 가시로
땅의 경계목 심는 사람들아
무엇을 경계하여
줄 치고 울타리 치는가
자연은 하나
그 속에 사는 것도 모두
하나의 생명인데
두려움에 담 높이고
눈만 크게 뜨는가
모과를 닮았어도 모과 아니고
꽃이 화려해도
꽃이라 부르지 않는 우리를
길가의 잡초 취급하지 마라
향기는 모과 못지 잃고
울타리 지킴은 탱자나무다

야광나무

경복궁 건청궁에
전깃불 밝히기까지
이 땅의 어둠을 밝혔다
칠흑 같다는 말 아느냐
용궁에 다녀온 선비 한생이
용왕에게서 받은 야광주를
울타리 밑에 심어 얻은 불빛
지붕 위까지 뻗어
동네를 밝혔다
별을 헤아리는데 어둠이 필요하고
글을 읽는데 등불이 있어야 하듯
삶을 유지하는데 밝음이 없다면
칠흑의 밤을 맞는다
꽃은 등불로
아그배 닮은 열매는 새들의 먹이로
사과나무 접붙이는 어미목으로
이렇게 이로운 우리를
어느 사람이 알아주는가

먼나무

이 세상에
건망증이 가장 심한 건
두말할 것 없이 인간이다
먼나무냐 묻고도
돌아서서 먼나무지 또 묻는다
꽃보다는 잎이
잎보다는 열매가 보기 좋다고
바닷가에 사는 우리를
육지로 옮겨 뿌리를 잘라
화분에 구부려 심는다
바닷새가 따먹어
산기슭에 뿌린 씨앗이
비바람에 움터 바위 들어올리고
돌담에 울타리 쳐
지나는 걸음 붙잡는 우리를
탐라의 꽃,
남해의 귀족이라 불러놓고
돌아서서 먼나무라 부른다
잊지 마라
우리는 먼나무
너희가 이름 짓고 너희가 묻느냐

누리장나무

가난한 집 장독대에
고기냄새 나거든
돼지 잡아 혼자 먹는다고 하지 마라
가을에 열매 익을 때면
다이아몬드 닮은 열매에
사파이어 푸른빛으로 계절을 장식한다
새들이 찾기 쉽고
아녀자의 보석놀이에 이만한 게 없다

회화나무

귀신이 무섭다면 회화나무를 심어라
땡볕 더위에 차츰차츰 피어나
꽃 덥게 만들어 그늘을 식히고
종이 옷감 염색하는 루틴을 만들어
노란색을 뽑는다
옛 선비들이 좋아하여
선비나무라 칭하며 궁에 심었다
영의정 좌의정 우의정
삼공 자리를 표시하고
임금을 배알하는 징표로 삼은 나무
뇌출혈이 염려되고
고혈압을 낮추려면 가까이 둬라
집안의 부귀영화를 자랑하고
낙향하여 양반임을 드러내는
학자수라 불리는 우리를
이젠 거리 곳곳에 심어
검게 그을린 색깔로 매연 높이 잰다

소사나무

산을 볼 때는

구름 마주하지 말고

하늘 볼 때는

산을 바라보지 마라

척박한 땅도 마다하지 않고

줄기가 잘려도 새싹 잘 돋지만

최소의 영양분으로 사는 삶이지

나무는 나무로만 봐다오

가지 비틀어 철사 동여매고

잎 따내어 자라지 못하게 하는 건

인간들의 죄 중 가장 큰 죄

작은 화분에 자연을 다 넣겠는가

우리가 자연의 주인이다

너희는 이방인

뿌리 잘라놓고 땅을 향하게 하더니

이젠 열매마저 따내는가

우린 직립하려는 몸짓을 버렸다

구미에 맞는 인형놀이 멈춰라

자연으로 돌아가

너희를 발아래 굽어보련다

모감주나무

천목천색
천 가지 나무에 천 가지 색깔
모감주나무는 그 중 으뜸이다
7월 햇볕에 화려한 꽃빛은
하늘 아래 제일이다
금나무라 불리다가
서양인들이 처음 본 날
하필 떨어지는 모습을 보여줘
황금비 내리는 나무라 별명 붙었다
승려들의 수양을 도와
단단한 금강자가 되어
염주를 만드는데 사용된다
바닷가를 떠돌다
육지에 닿으면 뿌리 내린 탓에
바다 건너온 나무라 오해받지만
우리의 터전은 대한민국
무당이 귀신 쫓는다고 만든 방망이
무환을 안다면
귀하게 여겨 정성을 다하라

구기자나무

삽목, 휘묻이, 분주, 종자
온몸으로 번식하는 나무
열매를 따가는 사람들은
차와 술, 약으로 쓴다지만
전국 산야에 흔하여
한 번도 보호받은 적이 없다
귀하지 않다고 해도
우리에게도 권리가 있다
어떤 보약에든 다 들어가는데
온갖 수단으로 옮겨 심으며
울타리로 둘러치더니
개구멍 닭구멍 어린아이 놀이터
사람을 보호하고
짐승을 키우며
집 밖에 나간 적이 없는 우리를
왜 구기자라 했는지
그대들은 그 까닭을 아는가

무궁화나무

새로운 약을 연구하려면
무궁화를 빼놓지 마라
꽃이 화려하고
오래 핀다고 국화라 불려도
우리는 세계적이 나무다
서양인들은 샤론의 장미
시리아쿠스라고 하지만
꽃의 중의 꽃이다
아침에 피어 저녁에 지니
사람의 생태를 닮았지
홑꽃은 우아하게
겹꽃은 화려하게
반 겹꽃은 겸손하게 피어나
나라의 운명과 함께했는데
일본인들 말 듣고
뒤 꽃이 앞 꽃을 밀어내는
못 믿을 꽃이라 오해받았으니
억울한 일이다
나라꽃으로 정했으면
보호하고 사랑받아야 옳은 것
공원보다 집안에 심어 가꿔라

생강나무

인간에게 선각자가 있듯이

나무도 선각자가 있다

온도 감지에 특출하여

제일 먼저 봄을 맞이하는 생강나무

온도감지기를 꽃눈에 달았다

잿빛 가지에 금가루 뿌린 듯

점점이 박힌 화사한 꽃모양은

봄의 전령사가 틀림없지

차가 귀한 북쪽에서는 차 대용으로

생강이 없는 곳에서는 생강 양념으로

가을엔 노랑 단풍으로

열매를 짜 초롱 밝히는 기름으로

여인들의 머릿기름으로

이렇듯 사람과 가까운 나무다

김유정은 동백을 모르고

동백이라 했지만

잎과 줄기에 생강 향을 품은 것은

벌레를 피하기 위한 생존전략

인간은 이것을 이용하여

산후조리 약으로 쓰는데

우리가 사는 곳은 너무 척박하다

쪽동백나무

동백기름은 남쪽의 귀한 보물
남녘 여인들을 부러워한
북쪽 여인들이 찾아낸 나무
향기 하나만은 동백보다 짙다
때죽나무와 사촌이라 불리지만
비슷할 뿐 부모가 다르다
쪽이라는 말은
아주 작다는 뜻
우리의 작은 열매를 쪽으로 붙여
동백 이름으로 불리지만
옥령이란 이름의 고유종이다
안식향이라 불리는 한약방의 귀물
궁궐 여인을 위한 나무가 아닌
방방곡곡 어디든 심어 가꿔라

쥐똥나무

잘라도 옮겨도

말없이 견디고 자란다

습지도 좋다, 바닷가도 좋다

언덕이나 마당, 뒷담장도 좋다

좋다, 좋다 다 좋다

이름은 바꿔 달라

향기는 으뜸이라

누구의 코든 즐겁게 하고

가지는 촘촘하여 울타리에 알맞고

키는 적당하여

사람의 눈높이와 알맞으며

열매는 약으로 쓰는데

어른들도 싫어하는 쥐똥이라니

먹구슬나무 향초나무라 하면

얼마나 고마울까

북한에서조차 흑진주를 닮았다고

검정알나무라 이름 부르는데

허약체질과 강장제로 쓰면서

쥐똥나무라 하는가

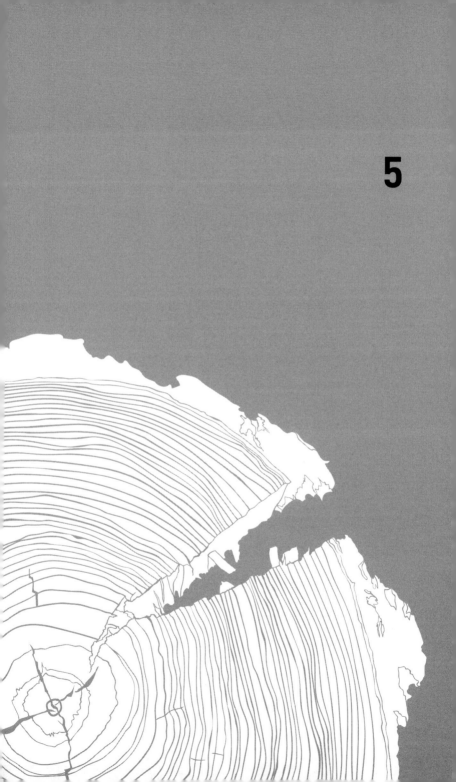

5

닥나무

처음 종이를 만든 채륜이 원수다
인간의 편리를 위한다며
자르고 짓이겨 풀죽을 만들어서
얇게 펴 말리는 과정에
우리의 고난을 생각해 봤는가
호랑이는 죽어서 가죽을 남기고
사람은 죽어 이름을 남긴다지만
바위에 쓸 이름을 종이에 새기는가
서양보다 몇 백 년이나 앞서
중국에서 발명된 종이가
불경의 무구정광대다리경을 찍은 뒤
전국에 퍼지는 기간은 불과 몇 십 년
그동안 잘려나간 동족이 얼마인가
인피섬유를 괜히 만들었구나
그냥 두면 거목이 될 걸
매년 잘라 쓰니 너무 억울하구나
관목이 된 설움 알았다면
헤프게 쓰지 않기 다짐하고 베어가라

대추나무

대추나무 연 걸리듯 한다는
그 말 믿어도 된다
그만큼 우리는 많이 심어졌다
중국 시경 국풍 편에
'따뜻한 남풍이
대추나무 새싹에 불어
파릇파릇하니
어머님 노고가 생각나네'
이 시편은 우리 역사를 말한다
삼 년 묵혔다가 구워먹으면
복통과 나쁜 기운을 다스리며
어느 약재에도 빠지지 않는 대추
양반 평민 할 것 없이
홍동백서라 하며
제사상 맨 머리를 차지하지
목재가 치밀하고 단단하여
방망이와 떡메를 만들고
벼락 맞은 대추나무는
도장을 만드니
그 이름값이 천금 값이다

신나무

오리마다 오리나무

십리마다 신나무

단풍나무지만 산을 마다하고

사람 곁에 머무는 나무

기억에서 사라졌다가

가을이면 떠올린다

붉은빛이

다른 나무와 비교 할 수 없어

때깔나무라 하여 색목으로 불린다

승려의 장삼을 물들이고

법복에 빠지지 않던 흔한 나무

눈 아플 때는

가지 꺾어 달인 물 바르고

어린순은 다조축이라 하여

차로 달여 마셨는데

어쩌랴

옆에 두고도 기억하지 못하는데

길을 걷다가

세 가닥으로 펼쳐

가운데 쪽이 긴 나무를 만나면

우리를 기억하고 반겨라

전나무

젓나무라 부르지 마라
어린 열매에서
흰젓이 나온다고 그랬지만
약속은 지켜야 한다
교과서와 문헌에 전나무라 했으니
옛사람들이
삼나무라 부른 적 있지만
백두산은 삼나무가 없는 지역
가문비나무 잎갈나무 전나무가
삼총사로 모여 원시림을 만들었다
키 크고 우람해도
우리는 흩어지는 법이 없어
나무바다를 만들지만
그래도 경쟁이 치열하여
하늘로 치솟아야만 했다
우뚝하게 서서도
위만 보고 가지 뻗었다
구불구불 자라지도 않았는데
사람들은 자꾸 사이를 떼어 내구나
절간 대웅전에 가거든
우리가 보이면
하늘 기둥이라 불러다오

호랑가시나무

왜구의 해적질 살상을 봤다
임진년 왜란의 잔학상을
동족간의 전란을 보았다
사람들은 왜 그런가
창칼도 모자라 총포를 만들고
이제는 핵을 만들어 위협한다
지키는 것을 넘어
침입하여 저지르는 잔혹함
누구에게 배웠는가
우리는 가르치지 않았다
말 못 하고 움직이지 못하는데
어쩌란 말이냐
온갖 짐승들이 달려들어 뜯어도
피할 수 없어 하늘만 원망했다
최후의 수단으로
가시를 키워 몸을 유지하는데
사람 손길은 피하지 못한다
잎에 돋친 가시를 잘라내고
뿌리째 뽑는데도 어쩔 수 없구나
가시도 못 단 나무들이
어떻게 사는지 궁금할 뿐이다

덜꿩나무

쓸모없는 사람 없듯
쓸모없는 나무도 없다
어디에서 자라든지
비바람 맞으며 풍파 이겨내도
사람과 나무는 같은 것
나눠주는 것과 빼앗는 것 중
무엇이 좋으냐고
묻지를 말자
살기 위해 빼앗는 건, 사람뿐
우리는 주기만 한다
꿩의다리, 꿩의밥 꿩의비름
꿩의바람꽃
꿩을 먹여 살리는 것들 중
한겨울에 먹이 주는 건 우리뿐
사람이 잡아먹는 꿩을
길러낸 우리가
사람의 은인이다
초록이 무성할 땐
그늘에 있어도
때 되면 어김없이 열매 맺는다

나도밤나무

너도밤나무와 밤나무는 사촌뻘
열매를 비슷이 맺지만
우리는 아니다
이승만의 양아들 이강석이
전국을 돌며 권세를 부리자
가짜 이강석이
진짜보다 더한 행세 했다는데
우리는 다르다
산신령 명으로
밤나무 백 그루 심을 때
모자라는 한 그루를 채우느라
옆에 있던 나무가 도와주려고
불쑥 끼어들어
'나도밤나무'라고 한 전설
율곡 이이 운명에 얽힌 전설도
다 옳다
사람 사는 이치와 다를 게
그 무엇인가
누구나 위기는 있고
도와주며 의지해야 행세한다
남의 위기를 모른 채 마라

때죽나무

전설을 믿지 마라
전설을 믿어라
두 말 모두 믿어라
세상에 일어나는 일이 같은가
불쑥 끼어들은 차량에
죽기도 하는데
머리 깎은 중들이 모인 듯하여
열매를 짓이겨 물에 뿌렸더니
물고기가 때로 떠올랐다 하여
때죽나무라 한다지만

이름이 무엇인가
필요에 따라 지어 부르는 것
독사에 물렸을 땐 해독제로
골절이나 치통에 진통제로 쓰며
풍증에 좋다고 마구 베어내지만
우리의 진가는
나이테가 보이지 않을 만큼
촘촘하여 목재가 곱다는 것
꽃은 매마등으로 불릴 만큼
사람에게 주는 게 많다

매화나무

봄바람 분다
언덕에 쑥잎이 돋는다
어부들의 돛 올리는 소리
섬진강 하구에 울려 퍼지고
멀리서 닭울음 들리는 산골
벙긋벙긋 울긋불긋
햇살에 벙글어지는 꽃봉오리
잠든 꿀벌 깨어난다
재첩 가래든 아낙들
치맛자락 날린다
엊저녁 안개 지나간 밭 언덕에
벌어진 꽃잔치
봄이 왔다, 새봄이 왔다
깨어라, 노래 불러라 발 굴러라
도다리 낚아 쑥국 끓이자
매실항아리 짚불에 그을려
바람 들게 뉘어놓고
장항아리 열어 햇볕을 사자
꽃잎 날려 매실 맺을 때까지는
우리의 봄, 봄빛을 품자
계절을 여는 매화동산이
우리들의 낙원이다

가침박달

음지를 피하고 양지를 바라는 건
사람과 마찬가지다
다른 나무와 섞여 자라도
우리는 나무 중 귀목
범상치 않은 꽃에
특이한 열매로 구별한다
바느질한 것 같아
가침박달이라 불리지만
사람이 그걸 가늠하는 게 신기하다
그래도 가침보존회를 조직
넓은 터를 내준 것에 감사하지만
모르는 사람이 더 많아 아쉽다
늦봄에 층층이 핀 흰꽃이 보이거든
걸음 멈춰 살펴보고
이름표를 달아라
임실 덕천리까지 터를 넓혔으나
점차 더워지는 기후에
청주까지 올라와 살게 되었구나

비쭈기나무

겨울눈이

가늘고 비쭉하여

그렇게 불린다

따뜻한 곳이 좋아

제주를 떠날 수 없어도

사람의 눈길 매섭고 무섭다

비쭉이 비쭈기 빗죽이

어느 이름이면 어떨까

사람이 깔끔한 것을 원한다면

비쭉이를 심어주고

새를 불러 노래시켜라

제주를 떠나 살 수 없으나

기후변화 온도가 높아

육지에 가 닿는다면

그건 사람들 탓이다

마가목

사람들아 더운가

몹시 더운가

내게로 와서 차를 마시고

해소 천식 괴혈병을 고쳐라

시베리아의 추위와 온대의 더위에도

터 잡고 사람 손길 피했다

사계절 모습 바꿨고

그때마다 잎과 가지 변형한다

가을엔 하늘을 가릴 만큼

총총히 맺은 열매

누가 아름다움을 겨룰 건가

정공등이라며 풍증과 어혈을 낫게 하고

늙은이의 정력을 높이며

뼈마디를 강하게 하고

흰머리를 검게 하는

우리는 만병통치약

그걸 알고 여기저기 심는구나

말 타고 가며 꺾고 함부로 베어내더니

사람들이 그 맛을 알고

우리를 보호 한다네

그 맛을 안다면 사람의 도리를 다하라

용버들나무

꿈을 믿는 동물은 사람뿐이다
구름 모습을 보고
온갖 상상을 그리다가 만든 용
용이 있더냐
고난에 처했을 때
무엇을 얻고자 했을 때
상상의 동물을 만들어 꿈을 꾸고
꿈속에 불러들여
현실을 이기려는 모자람
삶에 뒤틀린 우리 이름에서
용을 그려냈다
물을 좋아하지만 바람이 싫어
언덕 밑 양지에 자리 잡고 살다가
큰바람에 휘어지고
가뭄에 뒤틀어진 모습에서
상상한 동물을 끄집어내고
화폭에 그려 넣는 사람들
꿈을 믿지 마라
바램에 사는 삶은 현실을 잊는다

사시나무

바람 솔솔 소나무
오자마자 가래나무
대낮에도 밤나무
방귀 뀐다 뽕나무
재미있고 정다운 이름 짓다
무엇을 보고
벌벌 떠는 사시나무라 했는지
잎대가 길고 가늘어
작은 바람에도 흔들리는 데
사람들은 제 죄를 잊고
우리보고 벌벌 떤다고 하네
겉이 하얗고 키가 커
백양나무라 불리며
껍데기 벗겨 고약 만들고
뼈에 좋다며 마구잡이 채취로
몸살 난 우리를
사람들은 알까
산 중턱이나 집 근처에 많다고
흔하게 생각하는가
우리는 사람들을 위해서
터전을 넓혔을 뿐이다

아그배나무

나의 살던 고향은 꽃피는 산골
복숭아꽃 살구꽃 아기진달래
고향나무에서 우리가 빠진 건
우리를 잘 모르기 때문이다
산골에 우리 말고
무슨 꽃이 더 화려할까
작은 것 같아도
수목을 덮어 산을 화려하게 꾸미고
무리 지어 피었을 땐
온갖 새들의 안식처가 되어
온 산에 생명의 소리 퍼져간다
색깔을 묻지 마라
흰색은 옥양목보다 곱고
백설의 눈부심보다 더 화려하다
아름드리로 자라면 기둥도 거뜬한데
잡목으로 취급하여 해마다 베어
아궁이의 불쏘시개로 쓰는 건
인간의 무지다
소화제로 채취 때 조금은 남겨라
배고파 우는 산새가 고향 지킨다

청미래넝쿨나무

망개떡 사려~ 망개떡 사려~
귓가에 이 소리 들려
뛰쳐나가 불렀던 추억 있다면
산길에서 만난 가시넝쿨
한 번 더 살펴보자
망개나무 맹감나무 명감나무
지역마다 이름 다르지만
망개떡은 한 가지
젖살 오른 어린애 얼굴 닮은
동글납작한 잎 뒤에
덩굴손 조심하고
갈고리가시 피할 줄 안다면
이골 난 산행 꾼
원숭이 잡는 가시나무라지만
매독에는 토복령이 으뜸이다
아이들의 간식거리
새들의 양식보다는
나무줄기에 맺힌 빨강 열매는
장식품으로 으뜸이지
사람들에겐 산길의 추억이다

보리수나무

해탈은 죽는 거다
생명을 다할 때까지 살아야 하고
삶의 방식은 약육강식인데
무엇을 깨닫는 다고
굶어가며 고행하는가
사람은 사람의 도리를 다해
부모 형제와 친구들을 살피며
효도와 의리를 다하면 된다
자연스럽게 살면 그게 해탈
깨달음을 얻으려는 것도 욕망이다
부처의 깨달음이
우리의 그늘이었다면
마땅히 우리는 보호 받아야 한다
이 땅의 보리수는 열매가 많고
크기가 작아 명상의 그늘 없는데
무엇을 보고 해탈나무라 하는가
절집에 솟아난 그것은
보리수가 아닌
인도보리수의 일종 보오나무
내게서 단내가 나거든
맛나게 따먹어도
함부로 그늘 찾아 앉지 마라

가막살나무

낮은 곳에도 생명은 있다
보이지 않는다고
그늘에 들었다고 무시 마라
꽃은 화려해도 때맞춰 피고
봄꽃이 지나면 홀로 피어
복우상羽狀 모양의 꽃차례로
그늘 속 어둠을 밝히는데
누구도 기억해 주지 않는 이름
모진 추위에도 움츠리지 않고
심한 가뭄에도 살아남는다
땔감이 부족하다고 베어가는
인간들이 없다면
우리의 낙원은
붉게 익은 열매를 먹는 새들과
영원히 함께할 것인데
5월 산길을 걷다가
익숙하지 않은 흰꽃이 보이거든
우리 이름을 불러라

으름나무

연산군이 신하들을 모아놓고
시화를 나눌 때
으름을 내놓고
농담의 시를 짓게 했단다
달콤한 그 맛이 어디로 갔을까
함부로 시를 짓지 못한
신하들의 고민
우리는 맛으로 짐작한다
익지 않았을 땐 남성을
익어 벌어졌을 땐
여성을 떠올린다는 것을
임하부인이란 이름 아는가
줄기에 가는 구멍이 있어
양쪽으로 통하는 통초
사람도 우리를 닮아 서로 통하면
싸울 일이 없겠지
다섯 가지 임질을 낫게 하고
오줌을 잘 나오게 하며
몸살과 부기를 빼주는 특효약을
하찮게 대하지 마라
사람들은 푸대접하며
볼 때마다 침만 흘리는구나

엄나무

음나무 개두릅나무 멍게나무
며느리채찍나무 엄나무
이렇게 많은 이름 중에
우린 음나무
귀신을 보았다면 대문 앞에 심어라
바이올린 동체
나막신이나 승려의 바리로
잎은 맛과 향이 뛰어나
사람들이 즐겨 먹지
사지마비와 종기치료에 쓰는데
시장바닥에 훑어다 놓고
장사꾼의 인기 품목 만든 사람들아
즐겨 먹으면 그만이지
문설주 위에 걸어두고
고사 상에 올려놨던 가지를 걷어라
가시에 다칠라
우리는 귀신 쫓는 나무가 아닌
우리의 삶을 지키는 나무다

결의문

나무는 인간에게 다 줬다

우리의 생명을 바쳤고

피와 살로 인간을 살렸다

인간이 싫어하는 이산화탄소를 먹고

인간이 살 수 있게 산소를 줬다

너희는 무엇을 줬는가

나무도 살 권리와

자유로울 권리가 있다

기후변화의 주범을 없애고

나무가 살 수 있는 환경을 만들어라

우리는 지구를 지키기 위해

인간의 생명을 지키기 위해

최선을 다했다

나무의 권리를 찾아

인간이 뉘우치지 않을 때는

어떠한 협의도 거절하며

이제는 단절할 것을 선언한다

나무가 생명이다

초판 인쇄 2022년 3월 21일
초판 발행 2022년 3월 25일

지은이   이오장
펴낸이   김상철
발행처   스타북스
등록번호   제300-2006-00104호
주소   서울시 종로구 종로 19 르메이에르종로타운 B동 920호
전화   02) 735-1312
팩스   02) 735-5501
이메일   starbooks22@naver.com
ISBN   979-11-5795-637-1 03810